再續前生緣

鄭湯尼、六色羽、君靈鈴　合著

天空數位圖書出版

目錄

再续前生缘

作者：鄭湯尼

隔壁男女 / 君靈鈴　著

把廣告點掉，這個名叫「擬真一生」的遊戲吸引了他，好奇的點進去看看。

填寫了一些基本資料後，他把自己的姓名也填上去：陳冠庭，然後按下「登錄」，畫面出現一些說明，如何操作，一些基本設定，搞懂了怎麼回事之後，他又打了一個哈欠，他知道自己很累了，於是按下「存檔」，接著關掉所有正在執行的程式，並把電腦關機，離開座位，打卡下班，將電燈熄掉，走到辦公室門口，按下電動門，直到門已經關上他才放心的離開，走到停車場，找到機車後，他抬頭看著高聳的辦公大樓，竟然還有三個樓層的燈是全亮的，長嘆了一口氣後把白色的機車拉到馬路上，戴上安全帽後發動機車，打開大燈然後騎著機車離開。

他心想：今天吃義大利焗烤飯好了，於是把車騎到車水馬龍的永興街，找到了他想吃的，又在隔壁的茶攤買了一杯去冰的無糖綠茶，然後花了三分鐘騎車，回到租屋處，把車停好後，拿出鑰匙轉開一樓的大門，小小的社區沒有管理員，進到電梯後按了六樓跟關門的鈕，走出電梯後是頂樓加蓋的鐵皮屋，一共有三戶，他摸黑找到鑰匙孔並打開大門，裡面還有個木門，找到了開關之後打開日光燈，左邊是衣櫃跟置物櫃，還有五尺

3

寬的彈簧床，床頭放了五十本左右的小說，他走向右邊，那是他的電腦桌兼餐桌，跟辦公室的擺法相似，有兩個螢幕，打開電腦後，桌面是一個非常漂亮的半裸金髮美女，他選了一部電影：賭神三之少年賭神，一邊吃義大利焗烤飯一面看電影，吃飽之後，把筷子、湯匙洗乾淨，然後繼續看電影，但他真的累了，只過了半分鐘就把電腦關機，然後倒在床上呼呼大睡，一覺到天亮。

《第二章》萌樣女嬰

　　冠庭今天沒有加班，買了排骨便當後，一如往常的邊吃邊看電影，他看完昨天那部少年賭神的後半部，此時便當早已吃完，他洗完筷子後忽然想到昨天那個遊戲，點進去之後並點選開始遊戲。

　　請選擇頭髮顏色＞他選了黑色。

　　請選擇嬰兒性別＞他選了女性。

　　請選擇嬰兒長相＞他選了一個剛出生的女嬰，其他五個大約是三到十個月大小的嬰兒。

　　請幫嬰兒選擇名字＞他從十個名字中選了美玲。

　　按下確認鍵後，包著尿布光著上身的女嬰竟然開始哭了，畫面出現了其他的選項，分別是檢查尿布、檢查體溫、抱起來安撫、餵奶等字樣，第一次玩的冠庭顯得有些不知所措，於是全都勾選，然後按下確認。此時畫面中一雙手開始幫美玲換尿布、量耳溫、抱起來安撫，但美玲還是哭得很大聲，當一個透明的奶瓶拿到美玲眼前，美玲開始吸允透明的奶嘴後，哭聲瞬間停止，冠庭心想：這麼逼真，真好玩，此時約30CC的牛奶喝完了，一隻手將奶瓶拿到旁邊的桌子上。

　　請拍背＞按下確認之後左手將美玲抱住並面對自己，右手開始拍背，沒多久，美玲就安心的睡著了。

　　請選擇睡衣＞他選了淡藍色的素面睡衣，另外還有八種顏色跟款式。

　　請選擇睡法＞抱、躺＞他選了抱。於是美玲躺在一個人的懷裡。

　　冠庭這時走到床邊拿起一本愛情小說，翻開有一張書籤那一頁。

　　女主角說：「愛我就別傷害我。」

　　男主角說：「對不起。」

　　女主角說：「你走吧！我不想再被你傷害。」

此時電腦的喇叭發出的嬰兒的哭聲，冠庭又把檢查尿布等字樣全部勾選，這次是尿布，上面有一團大便。

請選擇擦屁股或洗澡＞他選了洗澡。畫面跳至浴室，一個直徑六十公分的粉紅色臉盆放在地上，一隻手試了水溫之後才將美玲放進去，美玲笑得很開心，看起來非常可愛，並開始玩起水了，水花噴得到處都是，幫她洗澡的人褲子都濕了，說了一聲：「真調皮。」是個男人的聲音，過了一會，美玲被抱起，一條浴巾將她圍住。

請選擇衣服＞他選了粉紅色的衣服，上面有一隻可愛的花栗鼠，張大嘴笑著，然後衣服就換好了。

請包尿布＞他按確定，美玲躺在床上，一雙手幫她換。

請吹乾頭髮＞電腦喇叭傳來吹風機的聲音，美玲閉上眼，似乎不太喜歡。

請選擇陪伴場所＞臥室、客廳、嬰兒房。選了嬰兒房之後，有一張嬰兒床，旁邊還有十幾樣玩具，冠庭點了音樂盒。一首水晶音樂播放著，美玲的眼皮越來越重，她躺在嬰兒床上睡著了。

請選擇棉被＞他點了天藍色的薄被。冠庭看著美玲安心的睡著了，於是自己脫光衣物，進了浴室洗澡，才出浴室，美玲

已經醒了，並哇哇大哭，冠庭直覺的認為應該是餓了，所以只選了餵奶，美玲立即安靜下來，冠庭一邊吹頭髮一邊看著螢幕，心想：這麼逼真，不知道會不會變成真的？

《第三章》彷彿人父

再度進入遊戲，美玲已經可以坐著，冠庭今天幫她選了一件黑色的衣服，上面有隻可愛的黃色小鴨。

請選擇食物＞牛奶、肉粥、蘋果泥。冠庭選了肉粥，美玲吃得很開心，她的臉上雖然沾了一點粥，但可愛的模樣讓人忘卻一天的疲憊，冠庭也跟著笑了。

請選擇＞溼紙巾、濕毛巾。擦完了臉，美玲伊伊啊啊地，手比著旁邊的玩具，冠庭點了史奴比玩偶，美玲沒拿好，掉到地上，冠庭還來不及把玩偶撿起來，美玲已經放聲大哭，就算玩偶回到手上還是繼續哭。

請檢查尿布、檢查體溫、抱起來安撫、餵奶＞冠庭全都勾選。美玲終於安靜地趴在胸前睡著了。

冠庭又把小說拿起，繼續昨天的進度，看了幾頁之後，眼睛不太舒服，所以就躺了一會，睡夢中，他聽到水晶音樂盒的

聲音，原來是美玲爬到玩具堆旁邊，順手拿起音樂盒玩著，旁邊有台小鋼琴，美玲隨意敲打鍵盤，雖然稱不上是音樂，但很有趣，於是她越敲越用力，還不時發出笑聲，冠庭終於被吵醒，他起身後看了螢幕，原來是剛剛不小心按了隨機發展的鈕，他心想：就讓她自己玩吧！先去洗澡，當冠庭穿好衣服時，美玲的牙齒已經長出四顆，於是冠庭把遊戲模式切回到全手動。

此時螢幕出現了模仿說話的選項，冠庭輸入爸爸兩字，美玲就跟著說了把拔，接著輸入媽媽，她說了「馬麻」，程式此時跳出下拉式選單，都是一些嬰兒比較容易模仿的字，冠庭由上而下依序玩了一遍，覺得很好玩，因此又玩了一遍。這時螢幕跳出「全職父親」這四個字，冠庭毫不遲疑的就點進去，裡面一大堆選單，有一整天的做習時間、食物、衣物、洗澡模式、玩具、語言學習等選項，看得頭都昏了。也許選單很複雜，但冠庭越玩越有興趣，簡直把美玲當自己的女兒，非常細心的照顧，甚至上網查詢育嬰資料，來對應遊戲中有疑問的地方。

冠庭的肚子餓了，於是他騎車到附近買了炒飯跟蚵仔煎，在等待的時候，他看到一位媽媽手牽著一個小女孩，背上還背著一個沈睡中的小嬰孩，走進店裡吃飯，小女孩非常乖巧，會幫媽媽遞菜單，也擺好餐具，這一幕觸動了冠庭，他心想：何

時才能真正組成一個完整的家庭呢？回家的途中，他還是一直在想這件事，停紅綠燈時又看到一個父親，把小孩頂在脖子上，讓小孩從高處往下看，一路上，看到了五個不同類型的家庭，這讓冠庭想成家的欲望燃起，他知道，他該考慮交個女朋友了。

《第四章》學習

才三天，美玲已經不再用爬的，而是開始學走路，搖搖晃晃的她，本能的扶著白色的牆壁，那是一間公寓，有客廳、飯廳、廚房、一個走道，左右各有兩個房間，主臥室有一間浴室，就是美玲洗澡的地方，另一間浴室在走道的盡頭，每個房間都裝有冷氣，也有一扇窗、一張床以及不同類型的傢俱。美玲好奇的把屋子裡的每個角落都走過一遍，並抬頭張望，後面則是一個男人跟著，不過遊戲畫面只顯示了他的下半身。

此時的美玲，已經學會了三十多個疊字，如飯飯、尿尿、便便、爸爸、媽媽等，走路也越來越穩，不必扶著牆壁，也因此沒有包著尿布，會自己到浴室，在自己專屬的小馬桶上廁所，因此冠庭只需要幫她清潔就好了。多數的時間，美玲會在嬰兒房裡，一會拿起布娃娃抱著，一會玩著音樂盒、彩色小塑膠球，

她追著藍色的球，步伐不夠穩的她，偶爾會跌倒，不過她並沒有哭，馬上就站起來。

冠庭此時看到對話功能，便輸入：「美玲，玩積木好不好？」美玲說：「好。」聲音透過喇叭傳來，冠庭忽然發現美玲似乎真的聽得懂，於是又問：出去玩好不好？美玲竟說：「玩木木。」接下來的時間，美玲跟著大人堆起積木，地上數百個積木，堆了大樓、金字塔、迷宮、床、桌子等後，美玲說：「餓餓。」於是她被抱上嬰兒椅，一個不鏽鋼碗外面包著紅色塑膠，裡面裝了一些炒飯還有蒸蛋，美玲拿起湯匙就開始大口大口地吃，或許還是滿臉都沾了殘渣，但可以感覺到她越來越進步了。

清潔了臉部之後，美玲說：「爸爸，抱抱。」她張開雙臂，天真無邪的雙眼，企盼著父親的擁抱，一雙手抱起她，原來是美玲睏了，不到一分鐘，便在父親的懷抱裡進入夢鄉。冠庭看到這一幕，內心最深處的記憶竟被喚起，他想起只有兩歲的時候，父親將他抱起並連續拋向空中的畫面，這時他腦海開始翻騰，許多記憶閃過眼前，於是將遊戲暫停，走到床頭，從小說中抽出一本相簿，從小時候一張張看起，回憶著往事，他想起了父母，於是決定星期五晚上回家鄉探望父母，並在星期一請假一天，好好跟父母相聚。

冠庭抱著母親，激動的流下眼淚，一旁的父親說：「這麼大的人，哭什麼？」

冠庭說：「謝謝你們，把我從那麼小，撫養到長大，一定很辛苦吧！我以後會常回來看你們。」

媽媽問：「你今天怎麼突然說這些？受了什麼刺激了？」

冠庭說：「沒有，我只是覺得，我該成熟點了。」

父親說：「好，你終於懂得我跟媽媽的辛苦就好，趕緊找個好女孩，結婚、生子，組成一個真正的家。」

冠庭說：「我知道，只是還沒有找到喜歡的女孩。」

三天很快就過了，回到辦公室的冠庭彷彿脫胎換骨，上班的時候朝氣十足，下班後去剪了一個比較時髦的髮型，也到服飾店買了一些新衣物，他似乎準備開始擺脫宅男的形象，迎接新的生活方式。

《第五章》情同父女

除了上班，冠庭幾乎所有的時間都泡在遊戲裡，小說不看了，他一心一意只想看到美玲的成長過程。三歲的小女生正處

於語言爆炸期的末端，會講的詞彙已經超過一千個，講話已經非常流利，冠庭第一次遇到這樣的狀況。

美玲：「我想出去玩。」

爸爸：「想去那裡？」

美玲：「台中公園，划船。」

爸爸：「好啊。」

美玲：「要怎麼去？」

爸爸：「騎車去。」

美玲：「我想搭公車。」

爸爸：「沒問題。」

美玲：「爸爸你看，噴水。」

爸爸：「漂亮嗎？」

美玲：「漂亮，我要划船。

爸爸：「我去租船。」

美玲：「我也要去。」

爸爸：「我幫妳穿上救生衣。」

美玲：「救生衣？」

爸爸：「萬一掉進水裡，才不會沉下去。」

美玲：「沉下去會怎樣？」

爸爸：「死翹翹啊！」

美玲：「我才不要死翹翹。」

爸爸：「那就快穿上。」

　　兩人彷彿真的在台中公園划船，也從噴水池旁經過，水花從身旁不斷落下，美玲興奮地又叫又笑，冠庭看到這情景，他更想成家了，因為這就是他要的幸福。

　　遊戲的設定是一天大一歲，所以美玲已經需要上幼稚園了，平常已經很活潑的她，進了幼稚園後如魚得水，非常能夠適應，才過三天，她已經從幼稚園畢業，那晚，幼稚園在餐廳辦了晚會，美玲跟同學們表演了三個節目，台下的家長們都很開心，紛紛拿著相機或手機紀錄，這一生只有一次的時刻，過了就不可能再有的時刻。

　　隔天，美玲已經是個國小一年級的學生，放學後，她是自己走回家的，因為這是冠庭的設定，他希望美玲能夠獨立一些，不過，美玲沒有乖乖回家。

爸爸：「去那裡了？」

美玲：「同學家。」

爸爸：「下次要打電話回來告訴我。」

美玲：「知道了。」

爸爸：「有沒有功課？」

美玲：「寫完了。」

爸爸：「美玲好乖，爸爸累了，先去睡午覺。」

　　求學過程的時間總是過得特別快，冠庭每天跟美玲的互動越來越少，除了教她寫功課，陪她看卡通，她已經可以自己洗澡、洗衣服、買飯吃，連衣服都自己折，看在冠庭眼裡卻是百感交集。

　　就如同幼稚園畢業典禮一樣，國小畢業也是一生只有一次，只是學生比較多，家長們在禮堂中安靜多了，好不容易找到美玲，冠庭才赫然發現她已經長得很高了，但這要怪他自己，這幾天因為公司比較忙，所以就讓遊戲以隨機發展的模式進行，他錯過了許多細節。

美玲：「爸，帶我去買內衣。」

爸爸：「好。」

美玲：「同學都有媽媽教她們怎麼穿，你怎麼教我？」

爸爸：「我會請店員教妳的。」

美玲：「還要衛生棉。」

爸爸：「這麼早？」

美玲：「不早了，我已經十三歲，我可不想像上次一樣，內褲
跟裙子都溼了。」

爸爸：「會用嗎？」

美玲：「不會。」

爸爸：「我找姑姑教妳，好嗎？」

美玲：「好啊！「

爸爸：「那出門吧！」

　　青春期的少女，跟父母的互動更少了，他們因為課業繁重，
還有跟同學聊天，所以遊戲中，只有設定上學前跟下課後的幾
句關心，假日的互動，但冠庭又因為工作繁忙，讓遊戲隨機發
展，錯過了美玲的國中畢業典禮。

《第六章》十八姑娘

穿上高中制服的美玲，已經是個小美人，不過她似乎已經心有所屬，一下課就往補習班跑，然後乖乖回家。

爸爸：「回來啦！」

美玲：「爸，我想買新鞋子，你看。」

爸爸：「這麼破了，要自己買還是我陪妳去。」

美玲：「你陪我去。」

爸爸：「好啊！我也買一雙。」

美玲：「還有內衣…（她靠近爸爸的耳朵輕聲說）」

爸爸：「沒問題啊！」

美玲：「今天怎麼這麼大方？」

爸爸：「是嗎？我什麼時候對妳不好了？」

美玲：「你好久沒帶我出去玩了。」

爸爸：「對不起，爸爸很忙啊。」

美玲：「可以帶我去台北嗎？」

爸爸：「為什麼？」

美玲：「聽說西門町有好多新潮的東西。」

爸爸：「好，等妳放假，我們就去。」

美玲：「不可以食言喔。」

　　雖然遊戲中，冠庭跟美玲的關係是父女，可是看著美玲越來越迷人的樣子，他怎能不動心，因為他現在也只有三十歲不到，只是，這是遊戲，美玲是個虛擬的遊戲人物，再怎麼喜歡也無法成真吧！他心中這麼想著。

　　西門町的假日，無數的觀光客跟年輕人湧入，美玲非常興奮，看到許多喜歡的小東西，包括一對耳環，一邊是星星，另一邊是月亮，她當場就戴上，把頭轉來轉去，冠庭則是豎起姆指給讚，接著買了一些衣物也是當場就換上，一件用亮片縫製的 HELLO－KITTY 藍色牛仔上衣，配上黑色緊身牛仔褲，然後穿上黃褐色的高筒休閒鞋，冠庭看得下巴都快掉下來，身高一百六十三公分的美玲，彷彿女神般降臨。

美玲：「我可以去燙頭髮嗎？」

爸爸：「當然可以啊！想燙什麼樣的？」

美玲：「大波浪。」

爸爸：「這樣會看起來比較成熟喔！」

美玲：「你是說會變老？」

爸爸：「等等妳可以自己問設計師啊！」

美玲：「那你覺得我比較適合什麼髮型？」

爸爸：「直髮、長度是肩上三公分、打薄。」

美玲：「這樣真的好嗎？」

　　美容院裡，一位三十歲左右的女設計師，身材瘦高，弱不禁風的樣子，但她的臉蛋非常漂亮，綁著馬尾，染著金色的頭髮，她也贊成剪短一點。

設計師：「妳的髮質不適合留太長，會分岔。」

美玲：「可是我想燙大波浪。」

設計師：「像這樣？（她拿了一張照片）」

美玲：「看起來好老。」

設計師：「還想燙嗎？」

美玲：「不想了，就照我爸說的髮型吧！」

設計師：「這樣如何？（她拿了張敏的短髮照片）」

美玲：「我要這樣。（她比了較捲的短髮那張）」

設計師：「這樣的髮型不好維持喔！」

美玲：「可是我喜歡。」

爸爸：「就照她的意思吧！」

設計師：「過程需要四個小時，需要先吃點東西嗎？」

美玲：「不用，爸，你再去逛逛吧！要等很久。」

爸爸：「麻煩妳了，那我先去吃飯好了。」

　　於是在燙髮的時候，冠庭回到剛剛的一家珠寶店，挑了一顆瑞士藍拓帕石為主石的墜子，形狀是水滴形，重量大約三十克拉，旁邊配了一些碎鑽，並挑了一條白金的鍊子搭配，他把整組項鍊掛在模特兒脖子上，左看右看之後，才請店員放進珠寶盒中。剛燙好頭髮的美玲非常滿意目前的髮型跟造型，對著鏡子看了好久。

爸爸：「閉上眼睛。」

美玲：「為什麼？」

爸爸：「閉就對了。」

美玲：「好吧！」

爸爸：「可以張開眼睛了。（他把剛剛買的項鍊幫美玲戴上）」

美玲：「好漂亮！」

美玲興奮的看著鏡中的自己，隨後抱著爸爸，兩人拎著大包小包離開美容院。冠庭看著螢幕中的美玲，心想，她如果是自己的女朋友該有多好！

《第七章》美夢成真

看著女神般的美玲，冠庭竟然對虛擬的美玲表白。

美玲：「你已經好久沒幫我換造型了。」

爸爸：「因為我很喜歡啊！」

美玲：「真的嗎？」

爸爸：「妳這樣好漂亮，可惜妳是虛擬的。」

美玲：「如果你真的這麼喜歡我，我可以讓你的美夢成真。」

爸爸：「真的嗎？」

美玲：「當然是真的，閉上眼睛。」

螢幕中的美玲，猶如一陣彩色的煙，緩緩的從螢幕中飄向現實，逐漸成為人形，樣子就跟燙完頭髮的時候一樣，連項鍊也是。

「張開眼睛吧！」但美玲的聲音不是從喇叭傳出，而是冠庭的左邊，冠庭轉頭看著活生生的美玲，呆若木雞，一句話也說不出來，只是傻傻的看著。

「怎樣？這樣比較漂亮還是在螢幕裡？」美玲問。

「怎麼可能？」冠庭還是一副不可置信的樣子。

「為什麼不可能！」美玲走到他面前，伸出手拉起還坐在電腦椅上的冠庭，然後給他一個真正的擁抱。

「好痛！」他雖然抱著美玲，但用右手用力捏了左手。

「什麼？」

「沒有，我可以一直這樣抱著妳嗎？」

「當然可以。」

「想去那裡玩？今天我休假。」

「新店碧潭，還有烏來。」

「那我得請假一天。」

「看你啊！」

「我等等告訴主管。」

「等一下要先去買衣服，我現在只有這一套。」

「好啊！」

「你也帶兩套衣服吧！」

冠庭整理了一會，然後請假、騎車載著美玲到市區買了一些衣物，然後上了高鐵。

「這車好快！」美玲說。

「這是高鐵。」

「比火車快好多。」

「以前台中到台北要花將近三小時，現在只要五十分鐘。」

「這麼快？」

「對啊！」

「你去過碧潭跟烏來嗎？」

「沒有，我很少出門，是大家口中的宅男。」

「宅男？」美玲一臉疑惑。

「就是除了上班，足不出戶的男人。」

「難怪皮膚這麼白，以後要常常出門，知道嗎？」

「好，我答應妳。」

「可以先去西門町嗎？」台北車站裡，美玲問。

「當然可以。」

再續前生緣

「我想真正的逛一次。」

「其實我也沒去過！」

「跟遊戲中差不多耶！」美玲興奮的大聲說。

「對啊！」

「我們去找一下，是不是真的有這副耳環跟項鍊好嗎？」美玲比著耳朵上的月亮耳環。

「好啊！」

「真的有耶！你看。」她比著自己的耳朵，耳環是新月的那一邊。

「珠寶店就在對面。」冠庭手指著說。

「櫥窗裡面沒有。」

「要進去看嗎？」

「不用了，我們去找那個設計師。」

「這樣好嗎？」

「有什麼關係！」

「走吧！在那邊。」他比著一百公尺外的二樓，然後兩人手牽手到了髮廊樓下。

「她在那裡！」美玲手指著離她約十公尺的設計師。

「真的耶。」

「她好瘦喔！」

「不過臉蛋比螢幕中漂亮。」

「你喜歡她？」

「沒有。」但冠庭確實癡癡地望著設計師。

「少騙人！」美玲轉頭想離開。

「妳吃醋了。」

「我才沒那麼小氣。」

「要跟她打招呼嗎？」

「不用了。」

「現在呢？」

「吃飯吧！我好餓了。」

「想吃什麼？」

「牛排。」

《第八章》再續前生緣

　　「妳怎麼哭了？」碧潭，一個漂亮的地方，但也是讓人傷心的地方，雖然兩人手牽手走在步道上，看似浪漫。

　　「我想告訴你一件事，我希望你聽完要冷靜。」

　　「我會的。」

　　「其實，我是你前世的女朋友。」

　　「真的嗎？」冠庭似乎不相信。

　　「當然是真的，這裡是我們定情的地方，你拿著鑽戒跟我求婚的地方。」

　　「那我們前世的名字呢？」

　　「我就叫美玲，你叫建宏」

　　「後來呢？我們有結婚嗎？」

　　「沒有，我二十歲的時候染上怪病，醫師還沒查出病因，我就死在病房裡，你整整哭了三天。」

　　「妳怎麼知道我哭了三天。」

　　「因為我沒有投胎，一直守在你身邊不願離開。」

　　「後來呢？」

「我一直等到出殯那天才離開你，卻發現已經來不及，錯過了投胎的時間，於是，我一直住在墓園裡。」

「那妳是怎麼進到遊戲的？」

「在掃墓的時候，我偷偷的藏在黑傘裡。」

「可是，你怎麼找到我的？」

那是讓人傷心欲絕的夜，建宏抱著斷氣的美玲，他哭紅了雙眼，漸漸冰冷的軀體再也沒有任何反應。

「老天爺，你怎麼這麼殘忍！這麼善良的女孩，你為什麼只給她二十年的光陰。」建宏自言自語說道。

「如果你有聽到，我會在未來的幾世都不交女朋友，也不結婚，除非是美玲投胎後找到我，所以請不要在我投胎後改變我的樣貌，這樣美玲才認得我。」雖然老天沒有回應，但觀世音菩薩遠遠看著他，在出殯那天帶走美玲。

「妳看到了，妳想怎麼幫他？」觀世音菩薩問美玲。

「我想完成他的願望，投胎後找到他。」

「這我辦不到，我給妳一個月的時間，讓妳跟他再續今生的緣份。」

「好，那是什麼時候？」

「時間到了，妳自然會明白。」

「謝謝觀世音菩薩。」話才說完，美玲已經在墓園裡。

「我知道你還是不信，但我有證據的。」美玲拿出一本泛黃的相簿，裡面都是他們兩人的相片，還有墓園的正確位置。

「我相信妳，因為妳是從遊戲裡跑出來的，我沒有理由懷疑妳。」冠庭接過相簿，奇怪的是往事一幕幕出現眼前，彷彿回到前世，尤其是求婚那一刻。

「嫁給我吧！」建宏拿出一只鑽戒，跪在地上跟美玲求婚，就在碧潭旁。

「我考慮考慮。」美玲假裝不要，但她內心的喜悅難以掩飾，笑容裡還帶著幸福的淚光。

「妳怎麼哭了？」建宏非常緊張。

「沒事，我只是太高興了。」

「那妳是答應了？」美玲點頭不語，建宏站起來，拉著美玲的左手，將戒指套上，然後擁抱著她。

《第九章》殘酷現實

「喜歡嗎?」冠庭在烏來的溫泉套房裡問美玲。

「喜歡,這裡變好多。」

「說說那時候我們在做什麼?」美玲沒有回答,走到冠庭身邊,脫去他的衣物,自己也脫光,手拉手到淋浴間沖洗,然後進到浴池中。

「你本來是很外向、很浪漫的,沒想到今世變成如此。」

「妳希望我改變?」

「當然,有幾個女人會希望自己的男人整天窩在家裡不出門的。」

「這個簡單,我多出去走走就是。」

「還有一個難題,你把自己的心封閉起來,怎麼跟別人相處?」

「我該怎麼做?」

「敞開你的胸懷,多認識新朋友。」

「這有點難度。」

「不難，就像這樣。」美玲起身靠近冠庭，兩個人最終沒有距離，開始擁吻，然後回到床上，那是他們之間的第一次，而冠庭也彷彿回到前世，就像現在。

「妳好美。」建宏在被窩裡抱著美玲說。

「你也很帥啊！」

「妳希望什麼時候辦婚禮？」

「越快越好。」

「這麼急？」

「我想要天天跟你在一起嘛！」

「好，回家後我就跟我父母說。」

當冠庭第二天早上醒來，卻發現還在睡夢中的美玲多了一些皺紋，一夜之間像是多了十歲。

「美玲，我們該回台中了。」

「可以多陪我幾天嗎？」

「只要公司準假，我沒問題。」

「那就麻煩你了。」

「今天要去那裡？」

「陽明山賞花。」

「好啊！我也想去。」

　　玩了一天，兩人累了，隨便選了一間便宜的旅館住進去，第二天早上，美玲的皺紋更多了，看起來就像是四十歲。

「美玲，快去照鏡子。」冠庭搖醒美玲，緊張地說。

「不用了，化為肉身，一日即十年。」

「妳是說每天增加十歲？」

「是的。」

「沒辦法改變嗎？」

「沒辦法。」

「可是我不想離開妳。」

「你看你，又像前世一樣，不願放手了。」

「我該怎麼做？」

「找一個你喜歡的女孩，她也喜歡你，然後談一場戀愛，把她娶回家，如果有緣，你就會再見到我。」

「真的嗎？妳沒騙我。」

「當然是真的，我累了，我們回台中吧！別玩了。」

「都依妳。」

　　面對快速老化到六十歲的美玲，無能為力的冠庭只好一直擁抱著她，什麼話都說不出口。

　　「你別這樣，這樣我會放心不下，又無法投胎的。」

　　「我真的不想離開妳。」

　　「你不放下，我就不能投胎，你痛苦，我更痛苦，知道嗎？答應我，找一個你喜歡的女孩，她也喜歡你。」

　　「然後談一場戀愛，把她娶回家，如果有緣，我就會再見到妳，是嗎？」

　　「是的。」

　　「好，我答應妳，不可以食言喔！打勾勾。」

《第十章》緣起緣滅

　　又是新的一天，對美玲而言，卻非常殘酷，她看著鏡中的自己，已經白髮蒼蒼，牙齒也掉了幾顆。

　　「今天是最後一天了。」美玲說。

　　「這麼快？」

「明天早上，我就會變成八十歲，隨時會死。」

「沒想到妳會這麼快就離開我。」

「別哭，記得你答應我的，一定要做到。」

「放心，我一定會為妳而改變的。」

於是，美玲在第二天就死在冠庭懷裡，但這次屍體沒有漸漸冰冷，而是直接煙消雲散。

「美玲？美玲？美玲？」冠庭大叫著。他想起美玲曾經拿來的相簿，照著裡面的資料找到了她的墓。

「沒想到是真的。」冠庭看著墓碑上的照片說。

「我一定會找個喜歡的女孩的，西門町那個設計師，妳覺得怎麼樣？」冠庭又說。

「不回答就是答應了。」冠庭放下手中的鮮花，緩緩離開墓園，直奔西門町。

「先生，剪頭髮嗎？」一個洗頭的女孩接待冠庭。

「洗加剪。」

「有認識的設計師嗎？」

「她。」冠庭指著那個弱不禁風的設計師。

「燕如，那個男人指定要給妳剪。」洗頭的女孩指著剛坐下的冠庭。

「先幫他洗頭吧！」

「你好，想剪什麼髮型？」

「妳幫我設計就好。」

「喜歡長一點還是清爽一點。」

「清爽的。」

「好，您應該是第一次來吧！怎麼會指定我？」

「朋友介紹的。」

「可以告訴我是誰嗎？」她一邊剪一邊問。

「美玲。」

「沒印象。」

「二十歲左右，短髮，燙得很捲。」

「忘了。」

從此冠廷便經常來此剪髮，甚至辭去工作，找了一份台北的工作，經過三年的追求，燕如答應了冠庭的求婚，並順利舉

辦盛大且隆重的婚禮、到大溪地度蜜月、燕如懷孕，並生下了
一個男孩，過了一年，燕如又懷孕了。

「冠庭，你希望這一胎是男孩還是女孩？」

「女孩。」

「為什麼？」

「女孩比較貼心，男孩太調皮了。」

「原來如此，好在第一胎是男孩，不然兩個女孩，你會被
煩死的。」

終於到了生產那天，弱不禁風的燕如即使很努力的增胖，
看起來還是很瘦，除了隆起的肚子，經過幾個小時的努力，小
孩出生了，是個女孩。

「美玲？」冠庭從醫師手中接過嬰兒竟脫口而出，這似曾
相識的畫面，不正是擬真遊戲的開頭，冠庭一臉疑惑的看著懷
裡的小孩，那女孩正是遊戲最開頭的美玲。

是王子，還是青蛙？

作者：六色羽

《第一章》妳不在邀請名單上

如果我有找到王子的條件，我又何必將就於一隻青蛙、甚至於癩蛤蟆？

站在鏡子面前的吳瀅心，不耐煩的按掉男友柯皓不斷打來的電話。柯皓對她來說，根本就是白開水，她根本就不愛他，之所以還繼續和他糾纏，無非是看在那每個月三萬塊的生活費。

柯皓只是一名普通的上班族，三萬元幾乎用掉他 2/3 的薪水。

「唉～沒有能力的男人，真是可悲啊。」

看著鏡中堪比安潔莉娜裘莉的高挑玲瓏身材；林志玲天使般臻美的容貌，吳瀅心自信滿滿的在蛾眉上再補了幾筆，讓眉毛更濃郁一點，她的確是個美得不可勝收的尤物。

電話又響了起來，吳瀅心皺起眉看著來電顯示，這次換成老媽！她一定又是打來要錢的，她的父母跟吸血蟲沒什麼兩樣，

吳澄心將手機調成震動不想接，感嘆自己的生命中怎麼會有這麼多的絆腳石？

電話終於斷了，但一則簡訊咚了一聲：澄澄，妳爸的醫藥費妳湊到了嗎？媽媽已經找不到人可以借了。

吳澄心憤憤的將手機丟回包包裏，感覺父母除了問錢，從來就沒關心過她。她才不要步上父母的路，終身都在平凡與困頓中打轉。結果父親現在一生病，就窮到必須到處向親朋好友們借錢，讓所有人都對他們一家人避之唯恐不及，成了人人厭惡的蟑螂。

吳澄心常想，若是他們年輕時更努力更上進，老了也不用這樣活得毫無尊嚴。她恨透了活在中下階層老是為錢苦的生活，她發誓要成為上流社會的貴婦！

若要打入上層社會，學識絕對不能太低。於是聰明的她，開始利用美貌讓柯皓心甘情願的幫她出錢繳大學學費，現在大學才剛畢業不久，她就急著想將他給甩掉，因為她已找到更高檔的目標。

　　吳瀅心踏著兩根玉筍般的長腿；扭著輕盈如柳的細腰，蹬著七吋的高跟鞋走出希爾庭大飯店頂樓的廁所，從包包裡拿出一張好不容易自某個和她周旋的富二代那兒騙到手的邀請函，走向宴會廳。

　　她向服務員亮出那張卡片，服務員禮貌地接過它時，她忍不住的往廳裡瞧了一眼。裡面全是西裝筆挺的官紳巨賈，興奮的血液竄流她全身，眼角餘光，發現服務員很不屑的目光在她身上快速的打量。

　　她被那道鄙夷的目光盯得縮了縮身子，她把柯晧這個月給她的三萬元全花在今晚的行頭上，但她知道三萬對裡面動輒數十萬的人們眼裏，根本就宛如路邊攤的廉價品。

　　「小姐，妳不在邀請名單上，所以妳不能進去。」服務員把邀請卡交還給她。

　　「怎麼可能呢？這邀請函是金頂集團的副經理梁佑給我的，他可是金頂的二公子耶，你再查清楚…」吳瀅心不甘願的替自己辯護，但服務員依然無動於衷。

見他目中無人，吳瀅心氣得提高音量：「不然你自己進去問梁佑，去叫他出來。」

服務員嗤得笑了一聲說：「小姐，金頂集團是由張氏所創立，二公子怎會姓梁呢？很遺憾妳的『梁佑』也沒有在邀請名單上。」

其他服務員都低頭對她恥笑了起來，他們的目光好像她正赤裸裸站在他們面前，好像誰都看出她根本就不屬於裡面那個世界的人。

吳瀅心臉脹得通紅，連忙轉身，不甘心的向樓梯間走去，她決心不論用什麼方法，也要接近她今晚的目標。

《第二章》人生關卡

「宇總…你現在在哪啊？」馬秘書語氣有些怪異的在電話上問宇文雍。

宇文雍雖聽出了異樣，但仍平心的說：「嗯，我快到希爾庭大飯店了，剛去幫凌薇買禮物。」

　　對方停頓了好久，才遲遲說：「宇總，金孔雀用來抵押借款的那批黃金，被驗出外面鍍金，裡面全數是銅啊！」

　　「什麼！」宇文雍驚得方向盤一歪，差點沒開到對向車道上。他最後穩住了方向盤，腦袋一片嗡嗡作響，怎麼也不相信聽到的消息！

　　金孔雀是亞洲最大型的黃金首飾商，近年來向多家金融機構質押了大量黃金融資，而今天最新的檢驗結果顯示，這些質押的黃金質量和重量不符合保約定。目前被捲入的金融公司包括民新信託、東瀛信託、安保信託等 15 家，涉及逾 83 噸黃金，折合新台幣約 847 億元，光是宇文雍的長藤銀行就被借了近600 億之多。

　　宇文雍背脊發涼：「馬的！當初做擔保時不是有檢驗嗎？而且我還在場呢。」

　　馬秘書吱唔的說：「誰會想到，一家在美國納斯達克上市的珠寶公司，會爆出巨量假黃金欺詐融資。假黃金除了銅合金之外，還有黃金裏鎢塊等方法，據說能更好的騙過檢測儀器。」

　　簡直是晴天霹靂，他居然被金孔雀給坑了！

　　「我到飯店了，你立刻向飯店租間會議廳，我上去後，立刻召集所有的董事和高層視訊。」

　　「宇總⋯」馬秘書唯唯諾諾的推遲：「我看，長藤正處於整件事的風口浪尖上，董事和其他信託公司都將矛頭指向了宇總您吶。」

　　宇文雍這才想起，金孔雀的李總裁會一路扶搖直上，成為亞洲第一的黃金首飾商，就是因為他曾對金孔雀的總裁李勝強做過信用擔保。當時的李勝強，可是個勤奮又腳踏實地的創業家，卻沒想到日久見人心，財富累積起來之後，貪婪就可怕的腐蝕人心了。

　　「宇總，您還是先找個地方避避風頭吧！起碼先讓那些投資者冷靜了些再說，我會把最新消息跟您報告聯絡。」

　　不待宇文雍回覆，前方居然湧來一群西裝筆挺的人，他們各個都一臉的憤怒，兇狠的一擁而上開始拍打他的車窗。

「宇文雍，你給我下車！聽到沒有！」

宇文雍楞楞的看著氣憤的貼在車窗上的臉，每張都面目猙獰，每張都曾是對他畢恭畢敬、阿腴奉承的業界同伴，如今全都翻成另一張不認識的面孔。

宇文雍果決的在飯店前廊倒車，一路快速直倒退到高台下方後，正急轉要往前衝時，迎面撞上正在一邊低頭滑手機，一邊過馬路的吳瀅心。

《第三章》遇見你

宇文雍緊急煞車，開門就見到躺在地上的吳瀅心，她抱著手臂哀呼呻吟，見到肇事的宇文雍便破口大罵：「你是急著去投胎嗎？這種地方還開的那麼快，找死嗎？」

後面有人潮鼎沸的聲音，宇文雍急急的遞了一張名片給地上的吳瀅心：「妳若有什麼問題再打給我，我會負責到底，但我現在趕時間。」

　　吳瀅心一看名片上的頭銜，兩眼瞪得雪亮：「長藤銀行總裁！」

　　宇文雍坐上車要開走時，死死的被嚇了一跳！吳瀅心竟不顧手臂疑似骨折的痛，像個活屍般趴在他的引擎蓋上！

　　「喂——」宇文雍急得探頭出車窗：「妳到底想幹嘛？就告訴妳我會負責到底，快走，那樣很危險！」

　　「你別想肇事逃逸，你最好快點下車，我打電話報警。」

　　真是所謂踏破鐵鞋無覓處，得來全不費功夫。她進不了宴會廳，就沒想到肥鵝自己從天上掉下來了，而且還是她想要的那隻。

　　吳瀅心拿起電話要報警時，人卻突然騰空飛了起來，她啊的大叫！才發現自己已被宇文雍給抱起，她還未反應，人已經被他給不客氣的丟進後座，甩得她頭暈腦脹的。

　　「喂！你到底想幹嘛？真的想肇事逃逸？」她起身坐定後，氣得破口大罵。

「妳有看過車禍肇事逃逸的人，還帶著受害者的嗎？」他陰森森的自後照鏡瞟了一眼吳瀅心。

吳瀅心被那如隼的陰鷙目光，給蜇得渾身一顫！

「你該不會是想把我載到荒郊野外，然後殺人滅口吧？」宇文雍面無表情的嘴角卻揚著一抹冷，那臉完全就是殺人不眨眼的樣子。

吳瀅心看得急了，語氣慢慢變得溫和：「你不是長藤銀行總裁嗎？錢對你來說應該不是什麼問題吧？何必為了賠我一點醫藥費而殺人呢？我告訴你，除了醫藥費，我不會再勒索你了，求你放我下車吧，我留著你的名片就好。」

宇文雍側著頭重覆她的話：「『不會再勒索我？』所以也就是說，妳剛剛是打算借機勒索我才會趴在我車上嗎？」他自後照鏡瞪了她一眼，她被瞪得一沈，心虛的縮起了頸子。

「你…你不要以小人之心，度君子之腹行嗎？」吳瀅心死鴨子嘴硬的當然不會承認。他的確是她來這場宴會的目標之一，沒想到，他們最後會以這種不愉快的方式見面。

　　她無望的只好說：「不然你帶我上醫院就好，我的手好像斷了。」

　　「我現在不能去醫院…」宇文雍卻斬釘截鐵的拒絕了她，他現在必須多一事不如少一事。

　　「什麼！不能去醫院？你剛不是說你會負責到底的嗎？」吳澄心幾乎字字都在尖叫，聲音刺耳的讓宇文雍不得不摀住右耳，煩厭的瞪著吳澄心說：「我帶妳去找一個醫生朋友，她會幫妳。」

　　他重重的嘆了一口氣，今晚到底是什麼日子，在人生遇到最難的關卡時，偏偏又去惹上這場煩人的車禍。

　　「為什麼不能上醫院？而且還是去找密醫？」吳澄心得理不饒人的追問。

　　「妳知道嗎？妳說的沒錯，錢對我來說的確是小事，但名聲對我來說可是大事，妳信不信妳再問個不停，就真的有人因為小車禍被滅口！」宇文雍的口氣冷得讓人發顫，吳澄心索性閉上嘴。

看向窗外，她眼睜睜的看著他們的車，和本市最大的醫院擦肩而過…看著那建築，她心揪了一下，生病的父親，也正住在那裡，她神情黯淡了下來。

或許她該把握住這次的車禍，狠狠的敲這富豪一筆，好付老爸的醫藥費。

但這個有錢的男人，到底要帶她去哪裏？

《第四章》女友的態度

吳瀅心看著在黑暗的曠野中，一座富麗豪華的莊園正在越來越靠近，她心底忍不住的讚羨了起來。

莊園的前方有一道雕工精美的柵欄，他們的車被柵欄旁警衛室的警衛給攔了下來。

「原來是宇總啊！」警衛雖然表面掛著笑，但語氣卻十分冷淡。

「我找凌薇，她不在嗎？」宇文雍覺得有些奇怪，以前這警衛一見到他的車，柵欄就自動給開啟，今天怎麼遲遲沒見門打開？

「呃…」警衛有些目中無人的說：「不好意思宇總，我們家小姐說暫時不便和你見面，等金孔雀的弊案過了…再看看情況，希望你能夠見諒。」

「再看看情況？」

宇文雍心涼了太半，嘆了口氣說：「嗯好，我明白。」

他想都沒想到自己會去連累身邊的人，大家現在是不是都已經把他定義成金孔雀的共犯？才會連凌薇都不信任他而拒於門外。

宇文雍黯然的把車調頭開走。吳瀅心凜凜的看著宏偉的城堡消失在眼前，原來住在美麗城堡的人，心卻冷酷無情！

「凌薇是你的女朋友嗎？」吳瀅心突然打破寧靜在後座出聲問他，他差點都忘了車上還有一個大麻煩。

「嗯…」宇文雍許久才又說：「我們已經論及婚嫁。」

看他鏡中哀傷的神情，吳瀅心隱隱惋惜的嘖了一聲，原來這個高富帥的總裁已經有了未婚妻。

「既然大老遠來了，怎麼不打給她，說不定她想和你見面，只是她家人攔著她出來罷了。」吳澄心刻意表示關心，卻只是想多了解他們之間的愛，究竟有多牢固？

宇文雍輕笑了一聲，談到凌薇，語氣瞬間變得異常溫柔：「凌薇是個自主性強、又獨立的某醫院院長，她想要見誰，沒人可阻止得了她好嗎？」

吳澄心咯噔的想，原來他說的密醫，就是他的未婚妻！他說起她時，連眼睛都在笑，看得吳澄心一愣愣的，那道貌岸然的面孔，也有那麼溫柔好看的一面。

兩人沒再說話，吳澄心已昏昏沈沈的在後座睡著，當她再次醒來時，是痛醒！因為一個頭髮蒼白的老醫生正一手抵著她的頭，一手抓著她的手臂用力一扳。

當包紮完成後，她走出醫院，才發現這間診所還真是簡陋的可怕，而且偏僻如鬼獄。這號大人物居然帶她來這醫療設備如此之落後的地方就診？

她心裏泛起了嘀咕。

等一下…我剛剛睡著了！那麼，是他抱我進醫院的嗎？

她偷偷的看著他寬闊的背影，他突然回頭，吳澄心臉騰得發起了燙，連忙移開了視線。

「我送妳回家吧，妳家住哪？」

「夜都深了，我家門禁九點，不如我們找間飯店休息，你覺得呢？」吳澄心想，是該開始施展她今晚原本的計劃了──釣到長藤銀行的總裁。

只是她萬萬沒想到，這個總裁已經不是她所認為富可敵國的那個男人了。

《第五章》卡有問題

宇文雍心想他家目前一定被記者給團團圍住，於是他們找到了一間頗有「質感」的飯店 check in，宇文雍對櫃台說：「請給我兩間房。」

「兩間？」吳澄心驚訝的瞪著他。

「妳忘了我已有未婚妻了嗎？我不想節外生枝讓凌薇誤會。」

「那種見死不救的女人，你真的還要娶她嗎？」那個未婚妻在危難時拋棄他，他居然還在顧及她的感受，到底是痴心還是愚蠢？

宇文雍給了她一個『與她無關』的眼神，吳澄心撇了撇嘴。

「這樣總共是一萬二千塊，請問是刷卡還是付現？」服務員的聲音將兩人拉回神。

宇文雍自皮夾拿出一張黑金卡遞給服務員，服務員雙手接過卡片後，在刷卡機上刷了又刷，結果怎麼都無法通過。

「對不起，請問先生還有別張卡嗎？這卡有點問題…」

「怎麼會？」

宇文雍又給了其他三張卡，但每張都無法刷過，聽著那過不了卡的慘叫聲，宇文雍的臉都綠起來！吳瀅心則滿臉不敢置信！富豪的卡被吃了嗎？

服務員連忙化解尷尬：「先生，您可以先付現，不一定要刷卡。」

宇文雍對吳瀅心使了個她先代墊的眼色。

她突然覺得這個總裁不僅不是她的貴人，好像還是不斷降臨到她頭上的災難？說到此她心不覺得酸，人人不是都說美貌是女人的財富，但為什麼她的天賦貌美到目前為止，什麼財富都沒有為自己掙到過？

她將宇文雍拉到飯店外面談判：「你一個銀行大總裁，居然連一萬都拿不出來？」

「我怎麼會知道信用卡竟不能用，剛剛已經把身上的現金全數拿去加油和付醫藥費，現在口袋只剩下三千⋯零五拾二元整。」

他將口袋裡的錢全數掏出數給她看，平常出入高級場所的他，付款都由馬秘書跟在後面代為開支票、付現或刷卡，現金本來就不多。

看著那些零頭，吳瀅心氣得扭頭就走。

「我不住了，你送我回家。」雖然她家很遠，但她只想快點擺脫這窮光蛋。宇文雍沒好氣的在她身後。

上車後，彼此倔強的不吭一語，這時儀表板突然傳來視訊鈴聲，宇文雍接通電話，是馬秘書。

「宇總，法院已經緊急發佈對你名下所有財產扣押的命令了，情勢如骨牌效應的一面倒，完全無法挽回啊！」馬秘書說的眼眶都紅了起來，宇文雍的金融帝國，如今已分崩離析。

吳瀅心這下終於明白自己誤上了賊船，驚得合不了嘴！

時間彷彿被暫停了，宇文雍驚覺自己又變回當初來到這個城市，那個身無分文的少年。他離開貧窮太久了，不知道自己還能不能撐得住這波災難？

「小心！」車子在吳瀅心發出警告的瞬間，去撞上了電線桿，車頭開始冒出濃濃的黑煙，宇文雍連忙下車檢查車子。

「宇文雍，你究竟在做什麼啊？」吳瀅心一下車披頭就罵人：「才剛破產，現在還把身邊唯一的財產給撞壞了！」

宇文雍憤怒的濃眉全擠在了一塊：「我的事何時輪到妳來說三道四？妳究竟是我什麼人？又懂什麼？滾！妳給我滾！」

「你叫我滾就滾嗎？撞了人不需要負責任的嗎？」

「剛剛就帶妳去看過醫生了，妳還想要怎樣？妳不過就是個想趁機敲詐我一筆的騙子，妳以為我看不出來嗎？妳的貪慕虛榮和貪婪，全寫在臉上。現在妳知道我已經一無所有了，還想留在我身邊幹嘛？」

他句句都命中她的意圖，讓她背脊發涼，難道她心懷不軌的模樣真的有那麼明顯嗎？還是因為他好歹也是個帶領上千人的總裁，所以才會有超高識人的讀心術？但她無非是擔心他往後的生計。

吳瀅心羞愧的無話可說，轉身就走。

《第六章》雨夜裡的傷

　　天下起了小雨，夜色變得更加迷茫，吳瀅心慶幸的趕上了最後一班公車。

　　當她找了個空位正要坐下時，身後緊接傳來皮鞋沓踏上車的聲音。

　　吳瀅心轉身看著上車的人，宇文雍看也不看她便在前頭坐下，閉目養神。

　　他不會是跟著我來的吧？

　　不對！

　　他跟著我幹嘛？他也只能坐這班公車才能回家，因為他的賓利撞壞了。

　　公車很幸運的在她老家附近有停靠站，下車前她忍不住的又偷瞟了他一眼，他目光凝重的直視著窗外，依然不看她，她莫名感到一股惱火，加快腳步下了車。

　　走在無人的巷子裡，她總是感覺背後好像有腳步聲，該不會是他真的跟過來了啊？吳瀅心猛得回頭，口鼻卻突然被一道強而有力的大手給摀住，然後胸部也被兇狠的揉了起來。

　　她想叫也叫不出聲，眼淚瞬間奪眶而出，其中一個男人站到她面前說：「果然長得真夠標致！」吳澄心不斷發出嗚嗚的求救聲。

　　「喂！妳媽跟我們借了好大一筆錢付醫藥費還不出來，只好由妳的身體慢慢還吧，我現在就先試試妳美不美味？」他不斷拍著她美麗的小臉。

　　吳澄心冷不防的長腳上的高跟鞋踹向前方男人的褲襠，他痛得折腰，兩指向後戳進身後抱著她的男人雙眼，他跟蹌倒退，吳澄心趁機逃跑，狂奔在暗夜小徑，但那兩個男人很快就追了上來。

　　他們很快又將她給撲倒在地，兩個男人見她如此刁頑，踢開她的雙腿，硬是將她壓在柏油路上要大幹一場。吳澄心宛如晴天霹靂！她一直不肯面對養育父母的重任，最後報應還是回歸到自己的身上。

　　只能認命的吳澄心突然聽到兩聲啪得重擊碎裂聲，她睜開雙眼時，兩個惡徒紛紛在她眼前倒下，取而代之的是宇文雍雙手緊握鐵棍的身影。

　　宇文雍拉起地上的她就跑，吳澄心卻邊跑邊哭著說：「我得回家看看我爸爸，他好像快要死了。」

　　她的眼淚怎麼都停不下來，現在她才肯面對自己的逃避，逃避對生活的無能為力；逃避生老病死真的降臨。她怎麼都無法面原本強壯樂觀的父親，被病痛折磨的一天比一天還要枯黃焦瘦，他的模樣已到了慘不忍睹的地步。

　　「現在先別回去，妳家一定還有他們更大的頭目在那裡等妳。」宇文雍冷靜的說。

　　吳澄心嬌縱性格再次發作，不耐煩的說：「可是我又冷又累，你曾經也是個大總裁，人面應該也很廣吧？難道沒有半個人可以幫你嗎？」

　　宇文雍突然停了下來，撞上他的吳澄心正想抬頭罵人時，卻對上一雙熠熠發著怒火的憂鬱眸光：「我告訴妳好了，我現在寧願死在街頭也不想再求助任何人，況且誰會想被捲入這場金融風暴中？跟不跟著我走隨便妳。」

　　吳澄心愧疚不已，看著他握在手中的手機，從被凌薇拒絕後不久似乎就被他給關了機。最親密的未婚妻在他最需要幫助時，卻無情的視他為大麻煩而拒於門外，心裏受的傷可想而知。

　　只是沒有朋友的助益，他怎麼可能獨自走得出這場暴風雨？

　　吳澄心的手機響了起來，她低頭一看竟是柯皓打來的，宇文雍瞇起黑眸看著她講手機。

她有些吱唔的說：「我男朋友說要過來載我…」。

他心縮了一下說：「嗯…也好，總比今晚妳也要露宿街頭好。」

《第七章》甩了他後

吳瀅心將頭伸出柯皓的車窗勸宇文雍：「先和我們一起回去，過了這今晚再說吧！還在下雨呢。」

宇文雍想拒絕時，柯皓卻有些不耐的拉著吳瀅心的手臂說：「妳明知道我那小套房，怎麼可能再擠得下一個人？」吳瀅心瞪了柯皓一眼，他根本就是小肚雞腸。

「沒事，不打擾你們。」柯皓已表明很清楚，他也不想過去當電燈炮。

吳瀅心這才知道宇文雍這個人的性子有多硬？

在他大難臨頭之際，卻還是放心不下她的安危，一路護送她到有朋友來接她才離開。她有些不捨的看著離他越來越遠的高挑身影，在道路盡頭變成模糊的小點。

　　宇文雍抬頭看著陰翳的天空。一夕的驟變，讓他頓時從天堂跌落谷底。在這之前他一直以為假使有天他變得落魄潦倒，唯一會留在他身邊的人一定是凌薇，沒想到他徹底錯了。

　　手突然被一溫暖柔軟的手給牽住，宇文雍訝異的轉頭，吳澄心竟站在他的身後，款款的睨著他。

　　「妳跑回來幹嘛？」宇文雍焦急的往她身後找柯皓：「妳男朋友人呢？」

　　「我把那種男人給甩了。」吳澄心雲淡風輕的說。

　　「蛤！」宇文雍有些惱怒：「妳怎麼不明天甩、不後天甩，偏偏要在妳無家可歸時將他給甩了？」

　　「還不都為了你的事和他大吵了起來。你即沒錢又沒辦法刷卡，又不想求助親朋好友；家又回不去，只是讓你過一夜，他也在吃醋…」吳澄心無辜的緊盯著他：「若你交到這樣沒有一點江湖道義的男朋友，你還會想和他繼續嗎？」

　　剛剛離開他後，滿腦子只擔心著他一個人在外面會不會凍死？他會不會被仇家給找到？他會不會坐牢？他到底會有如何的下場？

　　她款款盯著他，他被盯得一片尷尬，連忙掉開視線，沈著嗓音說：「現在可好了，有兩個人要露宿街頭了。」

　　宇文雍深長地嘆了一口氣，她罵男友沒江湖道義，也在暗諷他的未婚妻吧？

　　這時有一個流浪漢自他們的身旁一跛一跛的走了過去，越過他們時，流浪漢驀地回頭瞥了宇文雍一眼。昏暗的燈光下，宇文雍卻發現他肩上的背包，有一個真皮印製的別緻 Mark，他當下覺得那只背包很眼熟。

　　當流浪漢走到蒼白的路燈下時，宇文雍驚訝不已的盯著背包上的圖案，和他手中拿的飲料。

　　一個流浪漢怎麼會有金孔雀珠寶公司送的背包和健康飲料？

　　「住宿的事你不用操心，」吳澄心突然打斷了他的思緒，她體貼的對他說：「我訂了一間飯店，離這不遠，要不要一起過去？」此刻她是真心的想要幫助他。

　　她將飯店的 google 地圖拿給他看，他深長的眉毛卻漸漸的蹙了起來，吳澄心頓時明白他在想什麼？平常出入高級場所的他，看不上這樣的破飯店。

　　她聲音霍地變小：「我知道這間飯店跟不上你的等級，因為才八百塊，但我沒有那麼多錢…啊…」

　　她還未說完，手已被宇文雍給拉著往前走了。

《第八章》真這麼怕痛？

吳瀅心自浴室洗完澡出來時，床頭櫃放著一瓶紅藥水，她這時才想起自己膝蓋和手肘上的挫傷。

沒想到他居然惦記著她的傷！

她看向已躺在床上閉目養神的宇文雍，心底湧起一股暖意。只是他身上的現金已經不多了，居然還捨得花錢幫她買這些藥？

床上的宇文雍腦子裡不斷反覆思索整件金融弊案的始末，他到底是哪個環節出了錯？

他百分百的確定，當初金孔雀的李總裁拿給他驗的抵押品，都是貨真價實的黃金，那麼那匹黃金到底是被誰偷天換日的搬走了？又搬到哪去了？

吳瀅心坐在破舊的沙發上，就著菊黃的燈光，撕開棉花棒沾上紅藥水，棒子卻遲遲不敢往血肉模糊的傷口上塗去。她這才驚覺自己當時掙扎的有多厲害？也直到現在才知道痛。

停在半空中的棉花棒，霍地被一隻大手給搶走，吳瀅心訝異的看著一頭亂髮的宇文雍，下一秒立即意識到疼，宇文雍已毫不猶豫的將紅藥水往傷口上抹去，吳瀅心痛得幾乎跳起來！

「住手！痛死了！」她大叫。

「閉嘴！這飯店隔音很差，別人會以為我們在幹嘛！」

「那你就小力一點啊！輕一點…」

宇文雍索性不理會她，低著頭繼續無情的磨擦著傷口，他得把傷口上還黏著的沙土給刮下來，吳澄心再也忍受不住的抓住他強勁的手腕大叫著好痛。

「真這麼怕痛？」他抬起頭看她，對上的目光竟已淚眼盈盈，冰潔如玉的雪膚，僅裹在一條浴巾裡。

她的唇，無可克制的吻在他的薄唇上，從他身上散發的熱度與危險氣息，讓她意識到這是個曾經在商場上呼風喚雨的男人，即使如今正狠狠的跌了一大跤，卻完全不滅他與生俱有的貴冑風範，他胸膛罩下的溫度，更讓她頓時墮落到渾沌世界。

她掙脫了他大手的束縛，伸手圈住了他的頸子。

她看著他幽黯熱絡的星眸，暗藏著一抹孤傲的寂寞。

她一直以為，男人就該和金錢一起劃上等號，才值得她去愛。但是現在這雙盯著她的深邃黑色星辰，讓她堅定的信念頓時失去了岸塔，讓她漂泊於汪洋中，再也不知該何去何從？

激情如同外面那場下了一夜的霏雨退去後，她筋疲力盡的在他臂彎裡睡去。

　　將近中午，吳瀅心才揉著惺忪的睡眼醒來，她愣愣的看著低頭坐在床前的宇文雍。

　　「你在做什麼？」吳瀅心朝他爬去：「你在買車？」吳瀅心看他正在購車網站下單，驚訝的問：「你是哪來的錢買那部車啊？而且不會是二手車吧？」

　　他怎麼一夕間又有錢了？他的帳戶被解封了嗎？

　　宇文雍不急不徐的解釋道：「我賣了我的勞力士，這台二手車是我買來要轉手再變現，這樣手頭上就會有錢可急用。」

　　吳瀅心聽得目瞪口呆，但她看了一眼他已成功賣出去的成交價，一百二十萬！

　　「你花了多少錢買那台二手車？」

　　「八十萬，今天一大早付現交車，將車子送修整頓一翻後，現賺三十多萬。」他嘴角勾出一個得意又好看的微笑，證明自己寶刀未老。

　　現在她才注意他兩眼通紅。難不成他一夜沒睡，都在忙著賺錢？

　　「妳有銀行帳戶吧？」他突然問她。

　　銀行帳戶？她身子警覺得僵硬了起來，他…想要幹嘛？

「我向我的下線打聽了妳父母連本帶息，共欠了那個地下錢莊一百四十萬，我已和那個錢莊談妥以一百二十萬付現擺平這筆債，賣車的 120 萬，我請買方轉到妳的銀行戶頭去。」

吳瀅心頓時感動到僵住，若不是她一直對父親的病不理不睬，她媽媽也不會鋌而走險去借高利貸。

她回神慚愧的低下頭說：「謝謝你，我一定會還你這筆錢的。」話雖如此，但她一點也不知道拿什麼還他？

債務問題終於解除，吳瀅心轉身面對病榻上的父親，黃疸已經把他全身染成可怕的橄欖色，腐敗的惡臭自他骨子裡散發了出來，她忍不住抱著面黃肌瘦的父親，痛哭了起來。

「爸，對不起！」

父親也老淚縱橫顫抖說：「是我連累了妳們，是我對不起妳們…」

宇文雍悄悄的想走出房門不打擾他們一家人團聚時，卻赫然發現了昨晚路燈下流浪漢肩上背的同款背包。他心一凜，轉眼急迫的瀏覽了一遍房間，終於在凌亂的櫃子上，也看到了幾罐印有相同孔雀招牌的飲料。

　　「不好意思…」宇文雍打斷他們一家人的悲傷問：「請問一下這個背包和飲料是哪來的？」

　　依他們家的經濟條件，應該不可能買得起金孔雀的黃金與珠寶才對。

　　伯母連忙擦掉滿眼的淚說：「那是一間星展銀行的業務員推銷給我們一個賺錢的戶頭，開戶送的贈品。」

　　「賺錢的戶頭？」宇文雍疑惑的皺起了眉。

　　「就是只要我們在他們那兒開戶，他們每年就會無條件給我們一萬元的利息，真的不用繳任何的費用喔，那名牌包就是贈品啦，而且還免費多送我們三年的健康飲料。」吳媽媽興奮的比手劃腳，滔滔不絕。

　　宇文雍打開其中一罐飲料嗅了嗅，深長的眉又皺了皺，吳澄心訝然的見他悶不作聲對櫃子上的飲料照了幾張相，就拿著那個飲料，匆忙的離開了。

《第九章》尾聲

那天之後，吳澄心再也沒和宇文雍聯絡，她雖然有他的名片，但她也沒有勇氣再打給他，她欠他太多了，她還想不出償還的辦法來？。

他們雖然已一起度過那場雨夜，對彼此身體有了水乳交融的熟悉，但現實的生活裡，卻依然比陌生人還要陌生，讓人覺得那晚的激情，或許只是一時對幸福和真愛的憧憬。

看他短短一夜就能幫她解決債務的能力，吳澄心覺得他應該也能很快為自己擺平金孔雀的金融弊案。

果然，一個月後，她在斗大的新聞頭版上，再度看到他上報：

長藤銀行總裁宇文雍，終於替自己洗刷了與金孔雀總裁以83噸假黃金，詐取信貸串謀弊案。

宇文雍向檢方提出一張星展銀行人頭戶名單，檢方最終在那些人頭戶裡，查到了被隱藏的83噸黃金。金孔雀向人頭聲稱，以持有該帳號十年，每年就能領一萬元的利息，吸引一些低收入戶或流浪漢開戶供他們得以隨意任用戶頭為非作歹。

那些開戶人完全不知道自己的帳戶裡存有龐大的黃金。更可悲的是，為了早日得到黃金，金孔雀還額外贈送有毒的健康

飲料，毒害存戶。因為開戶人若活不到十年，戶頭裡的存款會慘遭與金孔雀共謀的銀行無條件沒收，當然包括他們從來都不知情的黃金。

這起金融弊案，已延伸成殺人事件！

宇文雍又意氣風發的重新站在他的舞台上，吳澄心為他感到無比的光榮與驕傲！原來要擁有那樣光鮮耀眼的位置，沒有過人的能力，又如何能制服得了他人？

只是，他的身旁站著的是那日將他拒於門外的未婚妻，兩人看起來簡直就是天造地設的一對。

看來，宇文雍大概已經把她給忘得一乾二淨了吧？

吳澄心長長的嘆了一氣，她決心往後，再也不以追求青蛙變成王子的童話夢為目標，她要靠著拿到的大學文憑，認真的找一份工作，她也要和宇文雍一樣，在社會上成為有實力和影響力的人物。

拿起行李，闊步走出柯皓的小套房。過街時，滿心打量著，自星辰銀行得到的醫療損害賠償金，要全數還給宇文雍。

但他會不會認為她想和他攀附關係，還錢只是她藉故與他聯絡的藉口？

　　天邊一道煞車聲突然響徹雲霄，吳澄心從思緒中驚醒，瞠目看著向自己撞來的一台賓利，她一陣惱怒，正想對車破口大罵：開賓利就可在街上橫行霸道了嗎？

　　沒想車主自車窗探出頭對她說：「吳小姐，妳該不會是又想製造假車禍了吧？」

　　吳澄心怔怔的看著宇文雍衝著她笑，他的笑容，在燦爛的陽光下，亮出一排整齊的貝齒好不迷人。

隔壁男女

作者：君靈鈴

《第一章》楔子

門打開的那瞬間，一雙有力的手臂立時攬住了安又好纖細的腰，同時間一張臉也在她面前放大，然後奪去了她的呼吸。

吻來的急卻不會讓她覺得有強迫性，一股很愉悅的感覺油然而生讓她不自覺攬住對方頸項，放任自己沉溺在他給予的感官體驗中。

他們兩人說好，只要歡愉不要其他，所以在這個目前維持了三個月的關係中，因為說好不談感情，除了索求與給予之外，不需要考慮其他，這樣很好，至少她是這麼說服自己的。

激情過後，在他懷裡昏昏欲睡的她在即將沉入夢鄉前只有一個想法，那就是……

幸好她今天去購物了，那麼明早她還能弄他說很喜歡的吐司夾蛋給他吃。

《第二章》那晚是雨夜

還記得那晚，外頭下著雨，好不容易從繁忙公事中脫身回到家正擦

著微濕髮的韓海凡聽到門鈴響了，眉頭一皺的他不解地望著門口，不知道都已經逼近凌晨了，怎會還有訪客。

走上前透過門上的貓眼一瞧，卻發現是隔壁那位剛搬來不久，他記得好像就幾個月的那個小女生，疑問之際想著她可能需要什麼幫助，也就開了門。

但韓海凡沒料到的是，一個很普通的停電求救事件，救援結束應該分別時卻在她一句「對不起，請問你能讓我抱一下嗎」後氣氛驟變。

他愕然看著她，鼻間卻不斷傳來屬於她的香味，甜甜的，一種小女人的氛圍在他鼻間擴散，很天然很適合她，但目前這不是重點，重點是她剛剛說的話，這並不正常。

「很抱歉，是我昏了頭，請進去休息吧。」

說完，安又好咬著唇低下頭，一股自厭的情緒升起，但同時間她也感覺到無比的寂寞。

說好不再想的，但一個短時間的黑暗無助就讓她瞬間感到非常寂寞，她覺得自己真沒用。

是因為從來沒有孤身一人待在一個陌生的城市那麼久才讓她這樣嗎？

還是因為心的傷痕一直痊癒不了，所以她需要擁抱來撫慰嗎？

她其實也不知道，心的裂痕還在她自己當然是知道的，只是貿然這樣開口向一個男人討抱，她這一瞬間真的覺得自己有點瘋狂！

「如果我接下來說的話讓妳不舒服的話妳可以直接進屋不用理我。」

她的自厭和矛盾韓海凡盡收眼底，斟酌之下先給了她台階，她要不要下就隨她了。

「請說……」她不知道他要說什麼，也有些緊張，但還是想聽聽他想說什麼。

「妳身上充滿著寂寞與落寞的氛圍。」

這是韓海凡感覺到的，而他也知道這樣的話其實頗失禮，但今晚的氛圍古怪，她說了奇怪的話，也就不能怪他也說了奇怪的話。

「這個……我不否認。」她淡淡的笑了，沒想否認直接承認了。

「那麼……我也不否認。」出乎人意料之外的，韓海凡竟然也笑了，說著自己與她是同類人。

「什麼？」安又好訝異地看著他，不懂一個看起來頗體面的男人怎會說出這樣的話。

「我說我也寂寞，程度應該跟妳差不多。」韓海凡還是在笑，但笑容漸漸僵了。

「……想喝杯熱茶或咖啡嗎？」他的僵硬安又好看到了，沉吟了下提了個建議。

「去妳那兒？」韓海凡沒拒絕，給了她選擇場地的選擇權。

「好。」安又好點點頭，轉身進了屋內，也感覺他真跟著進屋，一顆心頓時因為緊張而狠揪了一下。

但她壓抑著沒有表現出來，招呼他落座後便走到小廚房張羅咖啡。

她從來就不是個大膽的女人，但是不是就是因為她這樣的個性導致人家都覺得她好欺負呢？

整整三年又六個月，她曾經認為她這一輩子就是那個男人了，她什

麼都給了他，結果換來的是傷痕累累的心，到現在她甚至開始覺得男人沒一個能相信，而女人能不能信她也抱著質疑了。

可是，今晚她發現自己有點古怪，也不知道是因為那小小的斷電事件讓她從自困中逃脫到另一個層次的恐懼，忘了該與

男人保持距離，又或者是幾個月過去她自己構築的銅牆鐵壁讓她孤單地無法自己，她竟然讓隔壁的他進了屋子，在她需要協助而他已經提供協助此事本應該終了之後。

就因為他說他也很寂寞。

兩個陌生的人，卻是同等的寂寞。

那麼……

互相取暖是被允許的吧？

不帶感情只是遵循渴望，這是可行的吧？

至少不會有傷心的那天，不是嗎？

因為不談情。

《第三章》主動的決心

燈光忽然暗了一半讓坐在沙發上想著自己是不是太衝動就進入她領域的韓海凡皺了下眉頭，轉頭一看發現說要去泡咖啡的她手上沒有咖啡，而忽滅的半數燈光顯然是她所為，因為她就站在開關前。

「怎麼了？」他問，順道解讀著她現在臉上的複雜神情，但發現自己沒有答案。

無法解釋，他不懂她現在臉上的表情代表什麼。

「你剛剛說你也跟我一樣寂寞。」安又妤回答了，腳步也跟著移動，最後來到韓海凡面前站定，居高臨下望著他。

「所以？」韓海凡抬頭看著她，一臉不明所以。

「所以我們能互相取暖不是嗎？」安又妤這樣說著，說完之後咬了下唇，在他訝異的目光下，跨坐在他身上。

「別這樣，這不適合妳。」感覺到她私密處的柔軟讓他不得不出言制止。

「我不小了，二十五歲了。」安又妤不意外他認為她年齡小，因為她的模樣看起來就是個柔弱的小女生，但她不小了，而且她很清楚知道自己在做什麼。

「妳確定妳知道自己在做什麼？」韓海凡盯著她近在咫尺的臉龐，她眼底那股決然讓他心神一盪。

這不算飛來的豔福，他也不這樣認為，要他說的話就像她說的那般，就是她寂寞想要取暖，而她的態度就是在告訴他，因為他說他也寂寞，所以他們可以互相取暖。

「嗯。」安又妤輕輕點頭，雙手攀上他的脖子，臉龐跟著靠上他肩膀，很認真嗅聞著他的味道。

　　很好，她很幸運，在這個令她感到很寂寞很需要人給她溫暖的時刻，這個味道這個懷抱是她能接受且覺得莫名令人安心的，那麼她就不想離開了，至少今夜不想，因為她需要溫暖。

　　「我真沒想到……」她身上傳來的索求太過赤裸讓韓海凡有些不知該如何是好，感覺到她的不願離開甚至是貪婪地汲取他的暖度更是讓他哭笑不得。

　　「不需要想太多，就是取暖而已。」安又好抬頭，出言安撫他，但更像是在說服她自己。

　　「妳必須明白一點，如果今晚妳利用我來取暖，那麼……事情可能不會今夜就完。」盯著她雙眸，韓海凡語出恐嚇，希望她知難而退免得明日後悔，但更多的是他怕自己真和她發展出奇怪的關係，而他真的不想跟女人再有牽扯的。

　　「不……不談感情就可以。」安又好愣了下，遲疑了下，然後嘴裡吐出的是讓她自己內心都無比震撼的話語，雖然她面無表情，但不諱言的，她自己所說的話讓她的內心受到衝擊。

　　「妳……」韓海凡有些傻眼，但下一秒就見到她伸出手解著他襯衫的鈕子，一顆一顆緩慢卻堅定的解開，心中不禁默嘆一口氣，然後拉住她的手。

　　她真的想做？

跟他這個對她而言還算是個陌生人的男人？

他們甚至還不知道對方的姓名，這可能等同一夜情的事該發生嗎？

韓海凡並不認為這是件好事，正想推開她之時，她卻這麼說了。

「不……不要拒絕我好嗎？」安又妤瞬間變涼的小手在在說明她現在內心的感受。

「……不去床上嗎？」她瞬變的溫度韓海凡感覺到了。

「沒關係。」安又妤搖頭，之後在他目光默許下，解開了他的襯衫，看見了他結實的胸膛。

一瞬間，激情慢慢被點燃，室內漸漸春光爛漫。

《第四章》那晚過後

那晚，安又妤與韓海凡經歷了兩人之間的第一次之後，沒多久他就離開了。

說實話兩人都是第一次遇上這樣的情況，雖然都是成年人，雖然都非初識雲雨，但在沒有感情基礎下而結束的性愛，然後

又約定要這樣繼續下去，當下除了一人先離開之外，雙方還真不知道該再說什麼才好。

然而，這樣的窘境卻在一個難得早下班，一個早下了班卻想著冰箱有點空，所以打算去買點東西的情況下在電梯口打破了。

「要去買東西？」所有的一切先撇開，就算他們不當床伴也還是鄰居，當然可以打招呼，韓海凡率先開口問著愣住的她，只因看到她拿著小錢包跟一個購物袋。

「對。」趕忙收拾表情，安又好點點頭，擠出一抹有些勉強的微笑。

「路上小心。」丟下話，韓海凡閃身讓出路讓她得以進電梯，但本來應該這樣就結束的，可偏偏他多看了一眼，結果下一秒西裝外套一脫，披在了她身上。

「這……」她又愣住，轉頭看著他。

「外頭有點涼，快去吧。」這次，他的腳步毫無遲疑，直接走到家門口開門進屋去了。

結果，兩個小時後，他家門鈴響了，他開了門，發現她站在門口，身上還是披著他的外套。

「我來……還你外套。」

「進來吧。」

「打擾了。」安又好有點緊張走入屋內，悄悄看了眼四周，發現他家的格局雖然跟她家一樣，但佈置完全不同。

黑灰白的色調，簡約的家具搭配，很適合他，她不由得這樣想。

「想喝點什麼嗎？」他問著看起來正在研究他家的她。

「我都可以。」微微一笑，安又好努力掩飾著自己的緊張感，然後在他眼神示意下坐到屬於他的沙發上。

沒多久，一杯溫熱的咖啡牛奶就塞入她手中，而他也落坐她身邊，但他喝的是黑咖啡，接著靜謐流轉在他們之間，好一陣子沒人開口。

「喝不完可以放下。」率先開口的原因是因為韓海凡瞄了眼，發現她雙手捧著那杯咖啡牛奶，似乎很努力想喝完，又或者說是她不知道要說什麼所以硬逼自己把注意力都集中在那杯咖啡牛奶上，可她身上的氣息又在在說明她沒實力一次解決那杯有點份量的咖啡牛奶。

現在情況變成這樣，兩人這時不知為何很有默契，看起來就像打算就順著氣氛走，看最後演變到什麼地步。

「好。」有點尷尬，安又好很疑問他怎麼會看穿她，但這都不重要，她也不會去問，只是將咖啡牛奶往茶几上一放，然後看見他把他手上的咖啡一飲而盡，接著也把杯子一放。

「外頭有點涼對吧？」

他問，然後就見到她帶著羞澀的笑點頭，雙手揪住了他西裝外套的領子就要開口，但被他以指抵住了，遲疑了下後他雙手一攬，把她攬進懷裡。

「你的身體很暖和……」

一種不受控制的感覺襲來，讓她不由自主更往他懷中靠去，總覺得這樣的溫暖讓她不想離開。

「妳上回的提議……」韓海凡看著她的臉輕輕在自己胸口磨蹭著，眼底有著淡淡的滿足，某個念頭就在他心裡浮現了。

「我可以……」這時安又好微微抬頭，看到他眼中映照著慾望兩個字，讓她周身開始熱了起來。

而他，在看到她晶亮的雙眸後答案後便低頭吻住了她更是讓她心跳直接脫序。

夜才剛過不到一半，這是他們唇舌交纏時共同的想法。

《第五章》時間流逝卻日漸沉溺

晨光乍現，安又好睜開有些酸澀的雙眼，不意外有道呼吸就近在咫尺。

確切時間她不太記得了，可能是兩個月前吧，他們兩人只要到對方家，激情過了之後都是留宿的狀態，像今日是他留下來，而兩天前早晨則是她在他床上醒來。

維持這樣的關係三個月了，就算他們不刻意去探討，都能發現他們兩人的契合度似乎非常好，不管是在什麼方面，而這讓兩人都有點不知該說什麼才好。

其實，如果是在正常的情況下，這算是好事，但他們之間並不能這麼單純定義，互相都知道對方有過傷痛但卻沒有說出的往事，很自然成為兩人之間的阻礙，基於尊重沒有人先提問，局也就僵在這裡，就怕一打破，那能撫慰自己的對方，就會因為過往傷痛產生退卻而消失了。

不敢賭，就只能選擇忽略，鼓不起的勇氣，依然沒有下文。

「怎麼這麼早就醒了？」

忽然間，感覺到安又好已經醒來的韓海凡跟著醒了，很自然問了句，然後一個側身雙臂使力將她整個人摟了過來，臉也埋入她頸窩中。

「該……該起來了，我去做早餐。」他的呼吸吹拂在頸間讓安又妤心跳跟著亂了，慌忙說著制止他的理由。

「我昨晚不是說我今天放特休假嗎？我記得妳也是。」

他記得前兩天她說過她請了特休。

「你有說嗎？」安又妤發現自己沒有印象。

「有，在第一次結束時說的。」

他很清楚記得自己說了「我明天休假，妳也休假中，所以時間很充裕」這句話。

「真的嗎？」說實話她真的沒有印象，而這樣的情況讓她臉瞬間紅了。

「莫不是因為太舒服導致我說了什麼妳都沒記住吧？」韓海凡頓時失笑。

「……對不起。」這一瞬間，她覺得自己好丟臉。

「這沒什麼好對不起的，身為男人，我覺得挺驕傲的。」能讓女人欲仙欲死是男人夢寐以求的事不是嗎？

「一……一直都很舒服的。」遲疑著要不要說，導致安又妤結結巴巴才說完。

　　說這種話實在讓她不知該把臉擺去哪裡，但她就是很真誠的回應了。

　　「我知道，妳的表情跟反應從來沒讓我失望過，我就說我們身體的契合度好到令人訝異。」做越多次他越能感覺到這個說法的真實性。

　　「是嗎……那就好。」安又好的表情微變，忽然不知道該開心還是該有其他反應。

　　「怎麼了？為什麼是這種語氣？」他疑惑的半撐起身子看著她。

　　「曾經……曾經……」她該說嗎？他們之間可以談這種事嗎？

　　這件事是她心裡的傷痕之一，他們之間不是說好不談心理的嗎？

　　那她不能說吧？

　　「說吧。」她的反應勾起了韓海凡的好奇心。

　　「曾經有人把我批評的體無完膚，說我……」安又好實在有點說不下去。

　　她知道，自己或許很不完美，但那時一次次傷害她的言論與行為卻讓她覺得她是世界上最差勁的人，可她真的有差勁成這樣嗎？

　　「我懂了，別想了。」看見她眼中逐漸匯聚的淚水，韓海凡一個伸手把她頭摟來按在胸膛上。

　　「好……」嗓音有點哽咽，但安又妤仍乖乖點頭。

　　「說來也挺可笑的，我們遭遇真的很像。」像是有感而發，韓海凡也不自覺透露著自己的心情。

　　像，他們真的很像，他真的這樣認為。

　　「是嗎？」安又妤看著他，轉瞬間就懂了，但她沒多問，就在看見他眼底那抹冷冽一閃而過之後。

　　他不想提，她懂，就像剛剛她說不下去他說他懂一樣，所以在這個時候各自分開是最好的，一個去做早餐一個去沖澡。

　　在他們看來，在更深入對方的過往之前打住，或許是對目前這不想破壞的關係中最好的保護方法，因為他們都不知道，對方是不是還有勇氣把愛說出口，到底對愛情還有沒有憧憬跟渴望，所以誰也不敢先開口。

　　一旦說出口，一旦任何一方勇氣還不夠，那麼他們就會連在寂寞的夜身邊有人陪這樣的情況都會失去了。

他不想賭她也不想。

這個局很僵，但錯不在他們，卻是他們來承受。

《第六章》他與她的過去

緣分的牽引，真的很奇妙，但安又好跟韓海凡都沒想到，世界竟然真的那麼小。

今日，早已不用出門跑外務的韓海凡卻因為公司恰好人手不足親自跑了趟，一到才發現許久未拜訪的客戶，竟然是安又好任職的公司。

世界真的很小，但不僅於此，在安又好訝異之際，身邊的同事卻先動作了，跟韓海凡寒暄著，而等韓海凡一走，該說的八卦，也不管安又好有沒有聽的意願，直接就說給安又好聽。

所以，安又好知道了韓海凡那令人不忍直視的過去，不過雖然很多人都覺得老天爺時常很不公平，但今天祂顯然覺得自己得公平一次，所以等韓海凡回到了自己公司，跑外務回來的下屬突兀的一問，他才知道原來自己眼前這位小夥子跟安又好是鄰居，然後某些其實不應該多嘴的事也在不自覺中被透露出來。

多麼神奇是不？

安又好任職的公司就是韓海凡在升職前常去拜訪的客戶，而韓海凡的一個下屬，竟然是安又好的同鄉而且還是鄰居。

因為如此，不同時間不同地點卻是同一個下午，意外知道了彼此過去的韓海凡與安又好兩人的心情都不是很好，雙方都不禁分神想著彼此那不堪回首的過往，內心都只有一個獨白，那就是……

她果然跟我傷的一樣重。

他果然跟我傷的一樣重。

而好不容易下班之後，這天兩人都沒有在公司多加停留，一前一後回到了家，想的還是彼此。

所以當安又好開門的瞬間見到韓海凡正要按門鈴讓安又好愣住了，而他也是一臉訝異，手就那樣停在半空中。

「我本來想出來看看你是不是回來了。」結果一開門他就站在她家門口。

「我剛到。」他是一回家放下公事包提著買好的食物就往她家走，沒有遲疑的。

「請進。」稍微側身，她不知道今晚他為什麼一下班就過來，她記得他通常都是洗過澡才會過來找她的。

「我買了些滷味，一起吃吧。」進門的同時，韓海凡晃了晃手上的提袋。

「好，我來弄。」 接過他手上的食物，安又妤走到小廚房拿出碗盤，卻不由自主偷瞄著他的一舉一動。

她真想奔過去抱住他，其實她是可以這麼做，但是她又覺得東西還沒吃，她若貿然過去肯定會引來他疑問的眼神，因為他們之間通常不會這麼猴急就開始，而她現在並沒有那個念頭。

只是今天聽了那件事讓她很想抱住他給他安慰，即便她也知道事情過去了，比她經歷的事情過去的還要久，但她真的很想這麼做。

可她還是沒有奔過去，只是快速把東西弄好，然後端到茶几上放好，這才落坐他身旁。

接著，罕見的兩人都很沉默，平常算是會對話的兩人現下卻一句話也沒有，只是各自一口一口吃著宵夜，詭異的靜謐在空氣中流轉，但就算覺得很怪，他們還是沒有人先開口，直到安又妤收拾了桌面，清洗了碗盤之後回到他身邊才要坐下，身子就忽然被他一拉，拉坐在他大腿上。

「我沒想到世界那麼小。」韓海凡摟著她，很明顯是在說白天意外見到她的事。

「嗯，我也覺得。」她笑了，頭自然的靠在他肩頭。

一股親暱的氛圍慢慢地在空氣中飄散開來，可他們都沒有發現，只是有一句沒一句閒聊著，內心卻是同時在想著白天接收到的訊息。

都是非常糟的回憶，對他們本人來說，是糟到連提都不想提的回憶，但雖然他們都不想提，可今日卻雙雙從他人口中知道了更多真相。

雖然他們兩人不知道對方已經知曉自己的過往，但兩人內心那股情緒是相同的，同是天涯淪落人的氣氛在此刻讓他們不自覺更緊貼在一起。

她想給他擁抱。

他想給她安慰。

同時間，兩個人腦海中都浮現了同樣的想法。

其實現時他們誰都沒有想做的念頭，只是單純的就想緊緊擁抱對方，

但是，誰都沒想要戳破一切，因為說好不談情的約定讓他們顧忌，因為實情是從他人處聽來的讓他們覺得不該對彼此說破，因為他們都不確定，要是對方明白自己知道了實情會是什麼樣的反應。

一個尊嚴被踐踏，這樣的事誰願意當面聽別人再提起？

一個真心被輕賤，這樣的事誰願意再一次聽來傷透心？

所以，他們都沒打算說，只是想給對方無聲的撫慰，這個擁抱持續了很久，久到夜好深了，她睏了他也睏了，但他們彼此還是沒有離開對方的打算。

最後是安又好先撐不住，頭靠在韓海凡肩頭上睡著了，這個冗長的擁抱才結束，她被他打橫抱起，一路抱到臥室才將她輕輕放下。

結果，都這麼晚了這才想起自己還沒洗澡的韓海凡想著總得回家洗個澡換件衣服，畢竟雖然是這種關係，但因為家就在隔壁，衣物什麼的是沒有放在對方家的，所以在替她蓋好被後他轉身要走，沒想到手卻忽然被醒來的她拉住。

「要走了嗎？」安又好問著，手卻沒有放。

「我回去洗個澡換件衣服再來。」他看出了她想要他陪的念頭，沒有遲疑就這樣說了。

「那……我跟你回去。」說完安又好就起身，那隻拉著他手的小手還是沒有放開。

「走吧。」沒有拒絕，韓海凡反客為主將她的手牽住就走，兩人就這樣一路緊牽著手回到隔壁他的家。

「妳先睡，我洗好澡就來。」牽著安又好直接進了臥房，他如此交代後便進了浴室。

只是，當他快速洗好澡出來之後，卻發現躺在床上的她並沒有聽話地閉上雙眼入睡，反而睜大雙眼看著甫從浴室出來的他。

「怎麼不先睡？」他不覺得她是想要，而他說實話今晚也沒那個心情。

「一起睡。」安又好從他進浴室起就沒有移開過目光，從他開始洗澡到結束，她都只有一個動作，那就是等待。

「好。」沒有遲疑的，韓海凡走近床邊掀被就躺了上去。

然後，沒有人再開口，但想相擁而眠的念頭卻是一樣的，他手一摟她人一靠，又是緊密貼合的姿勢，他的下巴抵著她的額頭，兩人都慢慢閉上了眼睛。

這時的他們只沉浸在想陪伴對方的情緒裡，所以都沒有發現，其實他們兩人的關係已經不能單純粹是僅有肉體關係的聯繫了。

只要有一方勇敢一點，那麼離幸福也就不遠了，但誰會先跨出這一步，目前似乎還差一個引爆點。

《第七章》前後而至的過往

如果想知道一個男人能渣到什麼地步，那安又好真的很建議現在可以來她家門口看看她這位曾經論及婚嫁的前男友到底是什麼德性，或許就可以清楚所謂的渣男，到底是什麼模樣。

「請你回去。」

「小好，妳總不至於連一次機會都不給我吧？」

「機會這兩個字，是給有需要機會的人，你並不需要。」

「小好，我知道是我不好，但是就是因為我曾經背叛過妳，我才知道跟別人比起來，妳還是最好的。」

「陳韵，你知道你現在說這種話會讓我想吐嗎？」

「小好！妳怎麼會這樣說話？我曾經是妳的未婚夫，妳再怎麼樣也不應該……！」

陳韵的話沒機會說完，因為身後的動靜讓他不自覺回頭，卻發現有個西裝筆挺的男人正朝自己走來，而下一秒，他就見到安又好被摟入那個男人懷中，讓他頓時傻了。

「你……回來了啊。」被摟住的安又好沒有亂動只是看著韓海凡，體內忽然有股安心感湧上，瞬間撫平了她那因為見到陳韵而又被撕開的創傷。

「嗯。」低頭向她扯了抹微笑後，韓海凡臉色一轉，一臉冰冷看著陳韵。

「你是小妤的新對象？」陳韵臉色也變了。

「對，我們已經交往幾個月了。」幾乎沒有遲疑，韓海凡直接亮出身分，但他也不意外懷中的安又妤身體一僵雙眼當場瞪大。

「小妤，手腳很快嘛，我還以為妳還是以前那個純情可愛的女人，真沒想到妳居然都有新對象了，那妳家人說妳走不出來所以離開老家根本是假的嘛，妳根本是出來找新對象的吧？」反應很快的陳韵隨即開啟嘲諷模式。

「你嘴巴放乾淨點。」同樣身為男性，韓海凡不由得覺得眼前這位根本是男性之恥。

「怎麼？我這麼說是……！」很可惜，陳韵這次話又無法說完，因為啪的一聲，他隨即感覺到右臉頰火辣辣的。

「離開這裡！」安又妤咬著牙根瞪著陳韵，忍住自己想再抽他一巴掌的衝動。

「小妤，妳可以啊！妳竟然敢打我？」陳韵撫著臉頰一臉不敢置信。

「比起你對她做過的事，她只打你一巴掌算客氣了。」瞪著陳韵，韓海凡的一段話卻意外透漏了自己已經得知一切。

「你……」安又好非常意外，頓時愣住。

但就在這時，你來我往的三人卻聽見輕咳聲讓在場三人不由自主都往電梯口那方瞧，而這一瞧，韓海凡頓時變了臉色。

來人不是別人，正是韓海凡的前女友蕭琪，而她站在電梯口看戲好一會兒了。

接著，得到關注的蕭琪從容不迫走到韓海凡面前，表情愜意的彷彿什麼事都沒發生過一樣，還刻意忽略韓海凡懷中有個女人這個事實。

「海凡，好久不見。」蕭琪帶著嫵媚的笑打著招呼。

「我並不想跟妳見面。」韓海凡臉色更難看了，吐出的話自然不會是歡迎。

「還在為當年的事生氣？大家都是成人了，那麼點小事就別計較了吧？難道你認為你現在抱著的女人真適合你嗎？」蕭琪這時才不屑看了安又好一眼。

「自然比妳這樣的女人適合。」韓海凡沒有留情，冷冷回道。

「是嗎？這樣的小女孩你不嫌無趣我看著都覺得無聊。」蕭琪唇角附上一抹冷笑。

「在我看來，妳才無聊，離開吧，我們之間沒什麼好說的。」此時此刻，韓海凡只想把眼前這兩個實在很適合湊成一對的男女趕走。

「對我這麼狠啊？有這個必要嗎？」蕭琪眉一挑，並沒有打算馬上離開。

「有，因為我跟海凡就要結婚了。」這次，回話的是安又好。

「什麼？！」同一時間同樣的疑問，出自兩個人口中，那就是蕭琪與陳韵。

至於韓海凡，雖然被安又好的話震撼了，但他不動聲色，可摟著安又好腰的手，卻是不自覺收更緊了。

「事情就是這樣，請二位離開吧。」該送客了，這場意外的鬧劇再演下去一點意義也沒有，韓海凡完全不懷疑此點。

「不送。」安又好配合的很。

「哼，海凡，你會後悔的，跟這種小女孩生活，你很快就會膩的，到時候你還是會想起我的。」蕭琪冷嗤一聲，比較晚出場的她倒是爽快，撂話之後轉頭就走。

「喂，你真的要娶她？我告訴妳，她……」陳韵欲再出口輕賤安又好，卻在韓海凡舉起手的那一刻把話嚥回肚子裡去了。

「滾。」手指著電梯口，韓海凡只說了一個字。

「走就走，誰又稀罕了？」這種場合要離開，撂話似乎成了基本標配，陳韵也沒落人之後，話丟下之後就離開了。

只是，兩位不該出現的人離開了，留在原地的兩個人卻是雙雙沉默了。

尷尬的味道飄散在空氣中久久不散，最後是韓海凡先開口。

「好，來我家吧。」

他們之間，是需要好好談一談了。

《第八章》真愛，就在隔壁

手被拉著一路進了他的屋子，安又好其實是緊張的，剛剛發生的情況還歷歷在目不說，她更是沒有忘記韓海凡朝陳韵丟了那句「比起你對她做過的事，她只打你一巴掌算客氣了」的話。

所以他知道？

為什麼知道？

　　她不懂，但很快的他就給了解答，有點沒義氣的把公司下屬給抖了出來。

　　「所以，他全都說了是嗎？」八卦之心人皆有之，她自己也是這樣從同事那方聽來屬於他的過去，雖然心情有點複雜，但安又好沒有生氣。

　　「嗯，但我要說其實也不能全怪他，這之中還有我個人說了些引導的話，他才全部說了出來。」韓海凡頓時感到有點抱歉。

　　「其實……你跟剛剛那個女人的事，我也知道了。」看著他帶著歉意的表情，安又好霎時決定把自己也供出來。

　　「什麼？」韓海凡當場傻眼，但轉念一想他又覺得自己不該意外，畢竟當年他與蕭琪的事可是鬧得挺大的，合作客戶那方聽到八卦也是不無可能。

　　「那我們算扯平了。」他不禁失笑。

　　「是吧。」安又好也跟著笑了。

　　「既然如此，那這個話題就不重要了。」一個輕扯，韓海凡把安又好拉進懷中。

「你剛剛……是想替我解圍才那樣說的嗎？」乖乖任他抱著，安又好嘴上問著，但心裡卻是想著如果他能否認，她是不是就可以一輩子像這樣待在他懷裡了。

「那妳剛剛說我們就要結婚了，是想替我解圍還是妳真這樣想？」他突然狡詐的不回答反而反問她。

「為什麼你不先回答？」她嗅到了不對勁的氣味，抬起臉朝他抗議，卻沒發現自己的語氣有點撒嬌。

「如果我回答不是呢？」她可愛的模樣讓韓海凡不忍心再逗她了。

也確實，有些話是該說清楚了。

「那……我就是真那麼想。」安又好眨著一雙晶亮的眼睛，感覺到自己心臟狂跳。

然而，她狂飆的心跳並沒有消停的時間，下一秒韓海凡就低下頭吻了她，甜蜜又醉人的洪流瞬間泛濫成災。

「是說，我還是很疑問為什麼我們各方面都那麼合得來？」醉人的一吻結束，安又好卻忽然有了疑問。

從一開始在床上的契合度到後來發現彼此不只身體上的契合度很好，連個性與生活習慣都很相似，生理、心理都相配的不得了，她實在覺得很神奇。

95

　　「這就是緣分吧？我也沒想到我隔壁住的人，會是我想要牽手走一輩子的女人。」這種時候，只能用緣分來解釋了。

　　「我也沒想到住在我隔壁的男人，會是我未來老公呀！」安又好笑了，忽然覺得剛剛的疑問也沒那麼重要了。

　　早就分不開的兩個人相視而笑，心中皆只有一個念頭，那就是……

　　他們有彼此真好！

隔壁男女

國家圖書館出版品預行編目資料

再續前生緣／鄭湯尼、六色羽、君靈鈴　著.—初版.—
　臺中市：天空數位圖書　2020.10
　面：公分
　ISBN：978-957-9119-93-1（平裝）

863.57　　　　　　　　　　　　　　　109016476

發　行　人：蔡秀美
出　版　者：天空數位圖書有限公司
作　　　者：鄭湯尼、六色羽、君靈鈴
編　　　審：米蘇度有限公司
製 作 公 司：港健有限公司
出 品 公 司：傑拉德有限公司
版 面 編 輯：採編組
美 工 設 計：設計組
出 版 日 期：2020 年 10 月（初版）
銀 行 名 稱：合作金庫銀行南台中分行
銀 行 帳 戶：天空數位圖書有限公司
銀 行 帳 號：006-1070717811498
郵 政 帳 戶：天空數位圖書有限公司
劃 撥 帳 號：22670142
定　　　價：新台幣 230 元整
電子書發明專利第　Ｉ　306564 號　　　　　　　版權所有請勿仿製
※　如有缺頁、破損等請寄回更換

紙本書編輯印刷：
電子書編輯製作：
天空數位圖書公司　E-mail：familysky@familysky.com.tw　http://www.familysky.com.tw/
地址：40255台中市南區忠明南路787號30F國王大樓　Tel：04-22623893　Fax：04-22623863